Gilbert **Delahaye** ◆ Marcel **Marlier**

martine

fait les courses

casterman

• Découvre les personnages de cette histoire •

Martine

Joyeuse et curieuse,
Martine adore s'amuser
avec ses amis et
son petit chien Patapouf.
Ensemble, ils découvrent
le monde et vivent
de véritables aventures.
Une chose est sûre :
avec Martine, on ne
s'ennuie jamais !

Patapouf

Ce petit chien est un vrai clown !
Il fait parfois des bêtises…
mais il est si mignon que Martine
lui pardonne toujours !

Aujourd'hui, pour la première fois, Martine va faire des courses toute seule aux Grandes Galeries. Toute seule… pas complètement ! Patapouf et Jean l'accompagnent.

– Voici la liste des choses à acheter, dit leur maman. Je file à mon rendez-vous, papa viendra vous chercher dans une heure. Bonnes courses !

Dès l'entrée du magasin, on tombe sur le rayon « enfant ».

– Le rayon plus important ! dit Martine.

Il y a des jouets partout : des poupées, des peluches, des avions téléguidés. Le paradis !

– Qui veut un ballon ? demande une vendeuse.

– Moi ! s'écrie Jean.

– Je le noue à ton poignet, dit la jeune femme, comme ça tu ne le perdras pas.

Ce qui émerveille le plus Patapouf, c'est ce drôle de chien bleu à roulettes.

« Elles doivent être bien pratiques, ces petites roues… semble-t-il penser. Si j'avais les mêmes, je pourrais me promener des heures sans me fatiguer les pattes ! »

– Qu'est-ce que c'est ? demande Jean.

– Un tourne-disque, répond Martine. C'est un ancien appareil à musique. Maman en avait un, quand elle était petite. De nos jours, ce sont des objets précieux…

– Précieux ? Pourtant on n'entend rien !

– Essaie dans l'autre sens !

– Ça marche ! Et c'est ma chanson préférée !

Sur la liste, la maman de Martine a noté : *cahiers, ardoise, peinture, crayons de couleur, enveloppes.*

Il y a tout ce qu'il faut au rayon « papeterie ».

– Attention, Patapouf ! dit Martine. Tu as renversé la boîte de crayons de couleur en grimpant sur le panier… Maintenant, il faut tout ranger.

– Je tiens les anses pendant que tu repêches les crayons ! dit Jean. Quant à toi, Patapouf… interdit de t'approcher des fournitures !

Le mieux, aux Grandes Galeries, c'est l'aire de jeux.

– On fait la course ? propose Martine.

– Oui ! Je prends l'âne à bascule. Je vais l'appeler « Tornade » !

– Ça ira très bien avec sa tête de fonceur ! Moi, je préfère le cheval blanc, il est plus gracieux. À vos marques… Prêts… Partez !

– Si on achetait un cadeau pour maman ? propose Martine.

Sur le présentoir du stand « bijouterie », il y a des colliers, des boucles d'oreilles, des bracelets, des broches…

– Celui-ci, en perles bleues ? propose la vendeuse.

– Parfait ! Je suis sûre qu'il plaira à maman !

– C'est quoi, cette odeur ? demande Jean.

– Du parfum, explique Martine. On peut sentir, madame ?

– Bien sûr, répond la vendeuse. Il s'appelle « Printemps fleuri ». C'est un mélange de rose et de jasmin.

– Hum…, fait Martine en respirant. J'adore… Voilà le parfum que je porterai quand je serai grande !

Les enfants prennent l'Escalator pour monter au rayon « vêtements ».

– Attention à ne pas trébucher en haut de l'escalier !

– Hop ! lance Jean en sautant.

Puis il demande avec un sourire :

– On peut refaire un tour ?

Pendant que sa sœur essaye une robe, Jean observe un mannequin. « C'est comme une statue vraiment très bien faite... On dirait qu'elle va se mettre à parler ! »

– J'aime ce modèle, dit Martine en se regardant dans le miroir.

– Le orange est très à la mode, cette saison ! approuve la vendeuse.

– Ouaf ! Ouaf !

– Patapouf ! Qu'est-ce qui se passe ?

Martine et Jean accourent… pour trouver le chien dressé au pied d'un mannequin !

– Il l'a prise pour une vraie dame ! s'esclaffe Martine. Et il attend qu'elle lui donne un sucre !

Au sous-sol des Grandes Galeries, il y a un supermarché.

– Justement, dit Martine, maman a demandé qu'on fasse les courses pour le dîner. Patapouf et Jean, vous me suivez ?

Pas de réponse. Elle se retourne. Le chien est debout sur le tourniquet !

– Attention, Patapouf ! À force de faire le clown, tu vas te casser une patte !

– Patapouf montera avec toi dans le chariot, dit Martine à Jean.

Ça l'obligera à rester sage.

– D'accord… Qu'est-ce qu'il faut acheter ?

– Des fruits, d'abord. Pour les choisir bien mûrs, il faut les tâter…

comme le fait cette petite fille là-bas.

Le chariot se remplit à vue d'œil. Martine lit la liste :

– Café, sucre, sel, pâtes, une boîte de petits pois…

Où est le camembert ?

– Là, sur l'étagère !

– Ouaf ! Ouaf ! fait Patapouf, le museau levé vers la charcuterie.

– Allez, une petite saucisse pour toi… pour te récompenser d'avoir arrêté tes bêtises !

À la caisse, les enfants déposent leurs articles sur le tapis roulant.

Bip ! Bip !

– Trente-huit euros, s'il vous plaît ! annonce la caissière.

– Ouf ! souffle Martine en comptant sa monnaie. J'ai assez… et il me restera même cinq euros !

À la sortie du magasin, il y a un Photomaton.

– Si on se prenait en photo ? propose Jean. Ça fera un souvenir !

– Bonne idée ! répond Martine. En noir et blanc, ce sera encore plus chic !

À tour de rôle, les enfants prennent la pose dans la petite cabine.

1, 2, 3, on sourit !

Deux minutes plus tard, les images sont imprimées. Même Patapouf a son portrait !

Les courses sont terminées et les paniers bien remplis.

– Dépêche-toi, Jean, papa nous attend !

– Pas trop vite quand même ! Ce serait dommage de tout faire tomber !

– C'est sûr, il ne faut rien perdre en chemin... Quoique ça ferait une bonne excuse pour retourner aux Grandes Galeries !

Retrouve martine dans d'autres aventures !

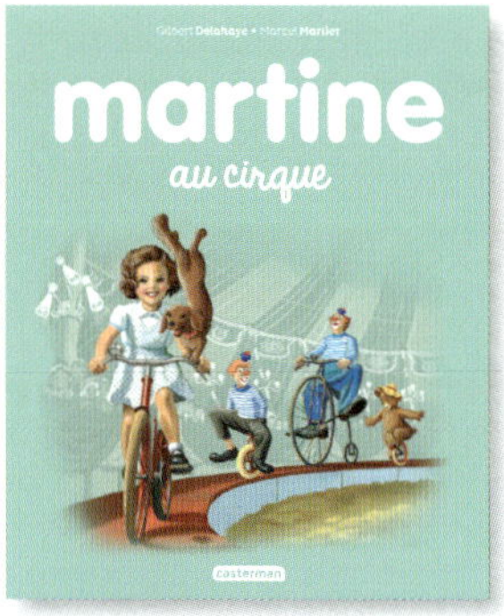

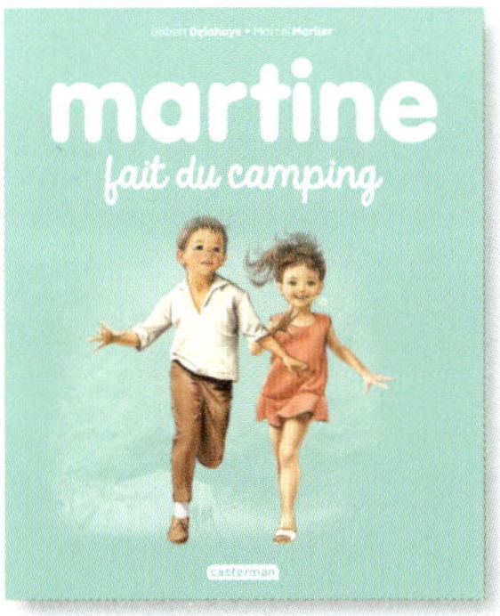

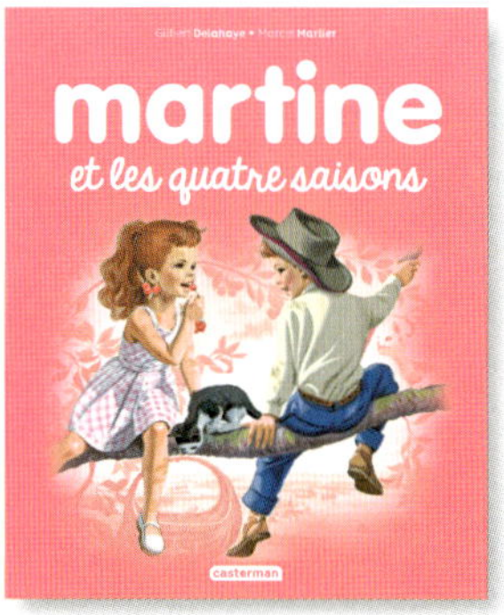

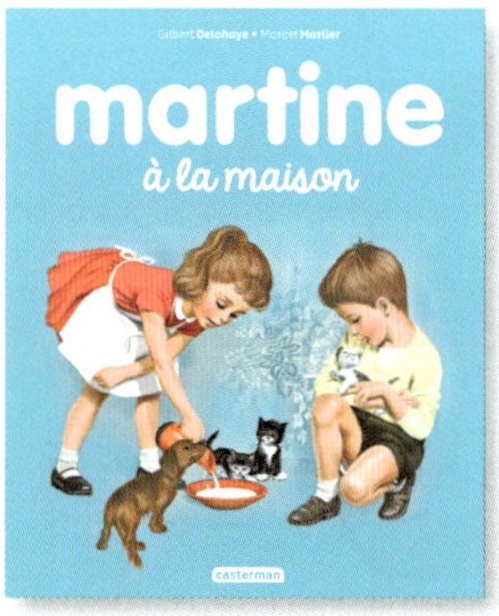

martine
garde son petit frère

martine
fête son anniversaire

martine
jardine

martine
fait du vélo

martine
petit rat de l'opéra

martine
à la fête des fleurs

martine
fait la cuisine

martine
apprend à nager

martine
est malade

martine
en vacances

martine
prend le train

martine
fait de la voile

martine
fête maman

martine
à l'école

martine
découvre la musique

martine
a perdu son chien

Gilbert Delahaye • Marcel Marlier
martine
dans la forêt
casterman

Gilbert Delahaye • Marcel Marlier
martine
et le cadeau d'anniversaire
casterman

Gilbert Delahaye • Marcel Marlier
martine
un mercredi pas comme les autres
casterman

Gilbert Delahaye • Marcel Marlier
martine
la nuit de Noël
casterman

Gilbert Delahaye • Marcel Marlier
martine
se déguise
casterman

Gilbert Delahaye • Marcel Marlier
martine
et les lapins du jardin
casterman

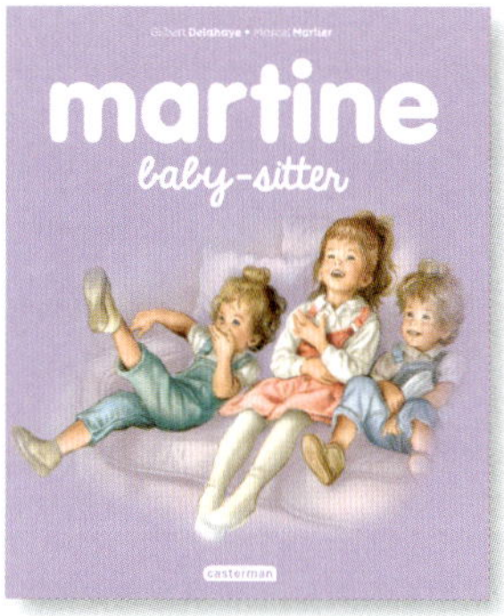
Gilbert Delahaye • Marcel Marlier
martine
baby-sitter
casterman

Gilbert Delahaye • Marcel Marlier
martine
au pays des contes
casterman

Gilbert Delahaye • Marcel Marlier
martine
et les marmitons
casterman

Gilbert Delahaye • Marcel Marlier
martine
prépare une surprise
casterman

Gilbert Delahaye • Marcel Marlier
martine
l'arche des animaux
casterman

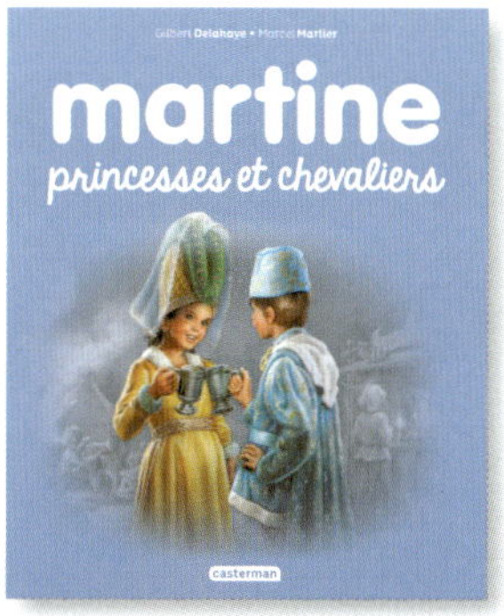
Gilbert Delahaye • Marcel Marlier
martine
princesses et chevaliers
casterman

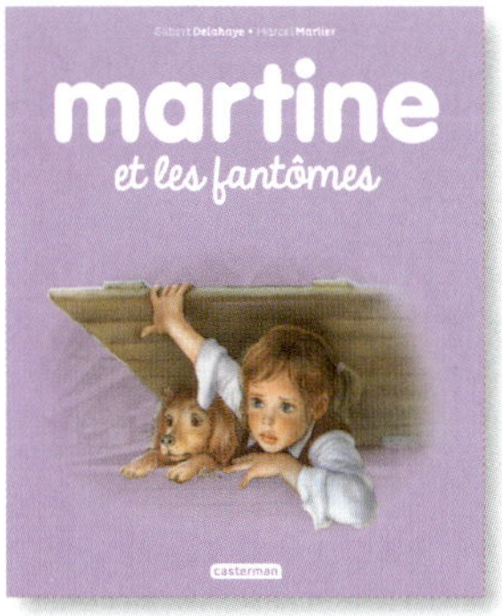
Gilbert Delahaye • Marcel Marlier
martine
et les fantômes
casterman

Gilbert Delahaye • Marcel Marlier
martine
un amour de poney
casterman

Gilbert Delahaye • Marcel Marlier
martine
la dispute
casterman

Gilbert Delahaye • Marcel Marlier
martine
drôle de chien !
casterman

Casterman
Cantersteen 47
1000 Bruxelles

www.casterman.com

ISBN : 978-2-203-10684-0
N° d'édition : L.10EJCN000497.C002

D'après les albums de Gilbert Delahaye et Marcel Marlier.
Achevé d'imprimer en mai 2017, en Italie.
Dépôt légal : mars 2016 ; D.2016/0053/102
Déposé au ministère de la Justice, Paris (loi n°49.956
du 16 juillet 1949 sur les publications destinées à la jeunesse).